책 만 드 는 집

청라 vol.1

이숙경 이경임 권영오

책만드는집

　문단에 나와 서로를 안 지 20년이 다 되어가지만 동갑인 친구라는 것을 깨닫는 데 오래 걸렸다. 많이 다른 셋이서 시집 한번 내보자고 뭉쳤다. 그런데 무려 3년이나 걸렸다. 벼르다 그런 것도 아니고 출판하는 데 게으름을 피운 것이 문제였다.

　새로운 스타일의 시집을 출간해 보자는 당초의 기획은 어디로 가고 오로지 작품만 남았지만 그 열정을 언젠가는 발휘할 날이 올 것이다.

　그사이 한 친구는 시집이 출간되어 수합한 원고를 새로 교체했고 두 친구는 은행의 정기예금처럼 만기를 기다렸다.

　서로의 무던함을 탓하며 마침내 대장정을 끝낸다. 레드 바이올린의 운명처럼 작품들이 많은 사람들을 거쳐 갈 것이다. 그 지난한 길을 다만 운명에 맡긴다. 그리고 함께할 것이다.

2021년 5월
이숙경·이경임·권영오

| 차례 |

이경임

권영오

이숙경

2002년 〈매일신문〉 신춘문예 등단.
시조집 『파두』『까막딱따구리』, 현대시조 100인선 『흰 비탈』,
시론집 『시스루의 시』.
대구시조문학상, 시조시학 젊은시인상 수상.
한국문화예술위원회 창작지원금 받음.
한국문화예술위원회 문학나눔도서 『까막딱따구리』 선정.

내게 섬이 생겼다

어쩌면 저 섬을 가질 수도 있겠다
여러 해 눈여겨봐도 찾는 이 하나 없는
그 안이 너무 궁금해 정박한 배 타려 한다

빈 섬을 채우려는 요사이 들떠있다
까다로운 법 따위 모르는 건 다행인 일
바다를 가로지른 생각 이미 섬에 닿았다

더불어 지낼 사람 덩달아 따라오면
나무와 새 풀꽃은 그 손에 맡기리라
지켜줄 짐승도 몇 마리 수풀에 풀어야지

나달나달 분 단위로 쪼개어 사는 나날
자질구레한 마음의 짐 뭍에다 벗어두고
어서 와 정히 쉬라며 저 섬이 날 부른다

현이와 풍이의 청춘신난장*

쇠락한 현풍 장터에 마파람 불어왔다
고삐 쥔 젊은이들 등을 바싹 오그리고
한바탕 색색의 갈기로 늘어서서 지난 한철

함께할 당신이 떠난 후 오래지 않아
여백만 찍어대던 이웃집 사진사는
다 늦은 저녁 사이로 간판의 등을 켰다

사람 없는 장날이 많을수록 환하게
라탄의 바구니에 일렁이는 푸른 달
청년몰 좁다란 길목 유난스레 조명했다

* 전통시장에 활기를 접목한 현풍 지역 청년들의 가게.

눈물 호수의 아이

등뼈를 발라 먹다가 맛있는데 무섭다
뜬금없이 떠오르는 아프리카 말라위
흙 묻은 작물 이삭을 달게 씹던 형제들

부모 그림자 짊어진 맏이의 야윈 등으로
종일 벽돌 나른 값 옥수숫가루 한 봉지
그 돈이 생기면 먹고 없으면 굶기 일쑤다

어쩌다 먹는 끼니 최후의 만찬만 같아
허기를 급히 채우다 목메어 우는 아이
불현듯 검은 눈동자 내게로 깊어진다

연화리 물색物色

먼 데서 찾아온 반가운 이 집에 드니
바다만 차려놓은 곁두리 망망하여
언덕길 서둘러 올라
갯마을로 향합니다

노을에 젖어가는 발걸음 드문드문
목록을 훑어주는 바람의 맑은 총기
예까지 애써 온 까닭
헤아리며 걷습니다

몇 번 둘러봐도 입가심할 게 없는
빈털터리 가게를 낭패인 채 닫는 문
양손에 나눠 든 술병만
어그러져 씰룩입니다

주인을 기다리며 섬 하나 품고 있다
이 섬 저 섬 구실로 말수 많은 여자

외딴집 이슥하도록
목소리 또렷합니다

뒷골목

이윽고 먼 산 능선 그지없이 스미어
서서히 소멸하는 붉은 길 바라본다
아무도 막을 수 없는 주술이듯 물끄러미

태양의 겉치레보다 뒤풀이가 더 긴 밤
얕은수로 넘긴 하루 마뜩잖은 사람들은
제 둘레 환히 빛나는 술잔을 쥐고 있다

어둠은 흙에 갇혀 뿌리를 기르도록
밝음은 거리를 비춰 삶이 들뜨도록
숱한 밤 후미진 곳에서 새날을 건배한다

통영에서 사는 법

토영 혹은 통녕이라 그래도 통영이다
차지게 아니 불러도 이미 잘 통하는
그 이름 맨 처음부터 통통 튀던 맥박이다

거, 됐나? 묻자마자 하, 됐다! 그러면
긴말 필요 없다, 한마디로 다 된 거다
굼떠서 궁싯거릴 땐 문디 새끼 톡 쏜다

욕되지 않을 욕은 곱씹어 보지 마라
한바탕 걸걸하게 웃고 나면 그만이니
오종종 오랜 섬들도 그리 문대며 살아간다

안개 분수

당신이 짙어지면 비로소 설레지요
연유를 알 수 없는 그 푸른 심연에서
서서히 길어 올리는 유장한 천의 목소리

당신이 느껴지니 온 빛으로 춤추지요
외로 돌아 바로 돌아 자늑자늑 스러지는
뒷모습 그것마저도 오롯이 거두는 밤

당신은 목비처럼 가슴 흠뻑 적시고요
어둠 속 한순간을 피었다가 지는데
미련한 잔불로 남아 꿈틀대는 아직 너

B고사장

문제 삼는 문제니
문제이고 문제였다

연거푸 하얘지며
여러 번 시험에 든

물음이 업신여겼다
번번이 닦달했다

애초부터 단서는
있는 듯 없는 듯

빠르게 혹 느리게
시간 내내 들락거렸다

투전판 노름꾼처럼
따기도 잃기도 했다

방아쇠 수지

누구를 겨냥했을까 한참 떠올리는데

어디서 비롯되었나 재우치기 바쁜 의사

무심히 얼버무린 말초 뒤적이는 눈빛이다

미수에 그친 손 슬그머니 쥐었다 편다

과녁을 관통하듯 불거진 중심을 찾아

붉은빛 레이저를 쬔다, 저릿한 적선이다

거품을 머금고 서서

지친 마음 문질러 물꼬 트는 저녁이면

등 뒤에 피어나는 이름 모를 암술의 향

너는 늘 준령을 넘어 밀사처럼 파고드네

엎지르고 저지른 얼룩 낱낱이 지웠는지

지은 죄 모두 씻고, 하여 깨끗해졌는지

맨손에 무지러지며 속속들이 휘감치네

출렁다리

건너가다 흠칫
놀라서 돌아본다

건너오다 철렁
설레어 바라본다

간혹 나
흔들릴 때면
거기서 너 잡아줘

산양

순한 짐승 한 마리 숨 가삐 지나간 길
가파른 절벽을 발굽에 딛는 비탈진 삶
먼 길을 다시 돌아와 고요에 깃들었네

어둠에서 일어나 어둠으로 숨어들어
피나무며 신갈나무 들르기는 했는지
두 귀로 맑히던 바람 고분고분 대주네

때때로 들이닥치는 숲 안팎 날쌘 무리
지레 떨며 도망치다 돌부리에 멍든 나날
홀연히 되새김질한 기억일랑 죄 잊었네

뗏목 위의 심판

그악스러운 중년 사내 투망을 올린다
지느러미 들썩이며 쏟아지는 고기들
가야 할 서너너덧 길 아는지 모르는지

나직이 문초하듯 중얼대며 부르는
새치며 쥐노래미 볼락이라는 첫 이름
저인 양 저를 찾느라 옆줄이 곤두선다

자디잘다 혀 차며 놓아주는 쥐노래미
못됐다 갖은 욕설에 희번덕대는 새치
볼락을 거두는 바다 고요하여라, 짐짓

밀양

떠돌던 젊은 시절 어물쩍 머물렀습니다
언제라도 떠날 듯 역 언저리 집을 얻고
기적이 울릴 적마다 가방 거듭 쌌습니다

밤새 잠 못 이루고 갈 길 오르락내리락
술래가 잡지 못할 속수무책 사람처럼
기대는 온데간데없이 은닉된 때였습니다

가진 것 다 주고도 저만치서 아라리
된여울 헤쳐 나온 은어의 지느러미로
서른을 거슬러 가면 숨겨진 통점입니다

열한 번째 나무

까만 어둠 겹겹이 몇 시간 덮고 풀더니
하얀 안개 사방을 몇 시간 또 에워싼다
변두리 제막식이라도 치를 듯 여는 새벽

여느 때와 다름없이 달리던 그 길 따라
막바지 빚어낸 단풍 갓길에 내려선다
서서히 드러나는 모습 절정이 눈부시다

이 나무 저 나무 꽃다발처럼 품는 동안
누군가에게 주고 싶어 눈여겨보는 한 나무
젖은 채 우두커니 서서 할 말을 새겨둔다

검정은 가혹하다

박쥐처럼 눈뜨는 어둠의 습성인가
뒤꿈치 좇는 그림자 연신 거느리고
긴 늪에 밤새 머무는 질펀한 눈물이네

우악스레 꺾은 빛 암흑 속에 치대어
위력을 저지르는 축으로 삼을지라도
허리를 숙이지 마라, 지배의 변종이니

고혹적으로 사로잡는 치명적 위선이
뜻밖에 감추어진 사람들의 이면이
처연히 급소를 향할 때 눈감는 침묵이네

저만치 가고 이만치 오려고

번호를 지우려다 얼굴 한 번 더 본다
한때 따뜻했으나 지상에 없는 사람
손가락 들었다 놓았다 들킨 듯 미안하다

허공에 다시 개통할 이것 하나쯤 놔두자
길들인 암호처럼 서로의 단서로 삼아
빗소리 귀청을 울리면 뛰어나가 받지 뭐

욕지거리

종주먹 들이대며
칠흑 속 덤벼든다

어처구니없이 지는
벌레만도 못한 밤

개새끼,
방충망 뚫고
훅 들어와 나를 쳤다

노을이 지는 것은

무엇보다 소소한 건 시간을 맞추는 일
기다리는 사람이 서너 명 혹은 네댓 명
강물이 채비하는 동안 마침내 내려옵니다

얼마큼 싣고 가다 어디서 내려놓을지
노을에 얹힌 마음 늦도록 술렁입니다
단 하루 산 까닭인지 처절하게 아름답네요

버드나무 가지 사이로 이마 위로 돋은 별
바람이 머리카락을 가를 때 알았습니다
순장의 풍습 같은 저녁 오고야 마는군요

낮은음자리표

작은 새 한 마리가 '위험! 추락주의' 표지판 위에 앉아있다. 수없이 뻗은 나뭇가지를 흔들며 무성한 녹음 속에 무리 지어 떠들다 혼자 빠져나온 듯하다. 생김새를 보니 근처 수목원에서 주변이 궁금해 마실 나온 것이 분명하다.

붉은 신호에 걸려 멈춘 사람들은 차창 밖으로 저마다 도시의 좌표를 익히고 있고, 난 이름 모를 새의 움직임을 바라보며 정체된 길에 앉아있다. 글자를 읽을 줄 모르는 새는 위험을 모른 채 날개와 꼬리를 부산하게 흔들며 제 목소리를 한껏 뽐내었다.

문득 그런 생각이 들었다. 끝없이 돌고 있는 행성에 앉은 내게 언젠가는 추락할지도 모른다고 '위험! 추락주의'라는 경고를 무수히 보내고 있는데 나도 저 새처럼 구김살 없이 지구에 걸터앉아 있는 것은 아닐까.

추락할 확률이 새보다 수십 배 높은 고위험군인 것을 잊고 있었다. 새의 뼈는 가벼워 여차하면 바람을 가르며 공중을 날아갈 수 있는데 내 뼛속에 가득 차있는 것들은 도저히 훑어낼 수 없는 것들이다. 머릿속에는 새벽부터 일어나 늦은 시각 잠들 때까지 해야 할 일들이 빼곡하게 들어차 뼛속까지 무겁다.

신호가 바뀌자 도망치듯 차를 몰아 한참을 달려 나갔다. 날 수 없는 대신 달릴 수 있는 재주가 있으니 그나마 다행이다. 논공공단으로 들어서는 터널을 몇 개 지나 지랑교를 달렸다. 지랑교라는 어감 때문인지 그 다리를 지날 때 가끔 시야를 자우룩이 감싼 안개가 조금씩 벗겨지며 산의 형체가 드러날 때면 설화의 한 대목 같은 일이 벌어질 수도 있을 거라는 상상을 할 때가 있다. 일터로 가는 사람들 틈에서 잠시나마 생각의 호사를 누리는 일도 나 자신에게 내리는 특혜라는 생각이 들어 삶의 고단함이 한결 누그러진다.

FM 89.7MHz에서 흘러나오는 클래식 음악은 한참을 달려온 내 마음에 동요되지 않고 여전하다. 평온하게 나를 이끌고 와 일자리에 안전하게 내려서 하루의 사명을 다하라며 낮은 음자리로 다소곳하다. 잠시 몇 소절을 놓쳤지만 오펜바흐의 〈자클린의 눈물〉이 흘러나온다. 신청곡이 아니라서 주어진 대로 듣고 있지만 첼로 연주는 혼자 길을 떠났을 때 내 앞섶에 앉아 심연을 파고들며 이야기를 나누는 오래된 친구 같다. 떠들썩하지 않고 깊고 그윽하다. 지친 어깨를 위무하는 듯한 보잉은 마침내 온몸을 켜며 공명을 받아들이게 한다.

내게 열리는 하루는 몇 개 의식의 터널을 지나와 마침내 환하게 열린다. 작은 새 한 마리를 보며 내 앉은 자리를 돌아보

게 하고, 순순히 주어진 소리를 듣게 함으로써 세상과 소통하
게 만든다.

1000번지에 머물다

언덕배기 빽빽한 집 주변을 진땀에 절어 헤매는 꿈을 꿀 때가 있다. 벌써 삼십 년도 지난 일인데 낯선 지역에서 추운 밤 긴장에 싸여 헤맨 고달픔 때문인지 오랜 세월 잠재의식에서 지워지지 않는다.

대학 1학년 때 지역 자치센터에 들렀다가 번지가 표시된 동네의 구역도를 보았다. 거기서 번지가 정해지는 규칙을 대강 터득하게 되었다. 그 일을 경험한 후 우리나라 어디든 주소만 있으면 찾아갈 수 있겠다는 자신감이 들었다. 가끔 집에 편지가 오는 언니의 주소는 부산에 있는 수정동 1000번지였다. 편지가 올 때마다 1000을 부여받은 그 집이 이루 말할 수 없이 궁금했다. 겨울 방학이 되자 그 주소를 찾아 떠났다. 언니에게 미리 한마디 말도 없이 익산에서 강경으로 가는 버스를 타고 강경에 내려 다시 대전으로 가는 시외버스를 탔다. 그리고 서대전에서 내려 버스를 갈아타고 대전역에서 내린 후 막무가내 부산행 기차를 탔다. 부산역에 내렸을 때 겨울 해는 이미 저물어 앞이 캄캄했다. 지금처럼 스마트폰에 있는 맵의 친절한 안내를 받으면 찾기 쉬운 일인데 주소밖에 단서가 없으

니 지나가는 사람에게 일일이 물어 수정동으로 가는 버스를
탔다. 비탈진 도로를 달리는 버스에서 지레짐작한 정류장에
내렸다. 발을 디딘 곳은 하늘에 있는 무수한 별 무리가 지상의
불빛으로 내려와 정착한 듯 보였다. 근처 가게에 있는 주인에
게 서있는 곳의 번지를 물어 1000번지가 되는 곳의 좌표를 찾
아 내려갔다. 이따금 다닥다닥 붙은 문패를 살펴보며 내리막
길을 불안하게 걸었다.

마침내 좁은 골목에서 그 집 대문 앞에 이르렀을 때 설움에
북받쳐 목이 메었다. 밤이 이슥한 시각 추위 속에서 두려움에
한참을 오그렸던 발은 무감각했다. 언니는 과감하고 엉뚱한
나를 웃으며 맞아주었다. 언니가 사는 곳 집주인 할머니는 홀
로 사시는 분이라 그런지 아주 까칠했다. 집에 사람이 오는 것
을 무척 싫어하고 마당에 머리카락 한 오라기라도 떨어져 있
으면 지저분하다고 혀를 끌끌 차는 분이셨다. 그래서 마당을
지날 때면 긴 머리를 감싸 쥐고 다닐 정도였다. 하지만 그 시
절 바른말을 잘하던 내 성격은 결국 폭발했다. 언니의 만류에
도 불구하고 더불어 살지 못하면서 세는 왜 놓는지 모르겠다
고 큰 소리로 중얼거렸다. 때마침 그 소리를 할머니께서 들으
셨던 모양이다. 잔소리 수위가 점점 낮아지기 시작했으니 말
이다.

어느 날 뜬금없이 할머니는 웃는 얼굴로 찾아와 자기 방으

로 오라고 했다. 할머니는 피붙이도 없고 한글도 모른 채로 평생을 사셨는데 우연히 연변에 사는 친척을 찾게 되자 간절한 소식을 전하고 싶어 하셨다. 할머니 말씀을 토대로 따뜻한 안부를 보태어 편지를 쓰고 읽어준 일이 있고 나서 나를 유별나게 깍듯이 대해주셨다. 1000번지를 까맣게 잊고 살아가다 동생으로부터 할머니가 돌아가실 때 전 재산을 자치센터에 기부하셨다는 이야기를 들었다. 세 들어 사는 사람들에게는 늘 인색하고 화초를 돌볼 때만 숨겨둔 향낭에서 미소를 풀어놓은 듯 딴사람이던 할머니가 삶을 기부로 정리했다는 소식을 들으며 각별하면서도 조금은 쓸쓸했다.

우는 여자

열기를 떠도는 미립자에 내어준 거리는 온통 속수무책이다. 숨조차 가누기 힘든 날씨에 설사가상 발을 옥죄는 하이힐 때문에 가야 할 목적지는 뒷전이고 어디든지 자리가 보이면 앉을 궁리를 했다. 다행히 그늘에 있는 벤치가 눈에 띄었다. 혼자 멀거니 앉아있으면 멋쩍은데 모시옷을 차려입은 중후한 여인이 자리 하나를 차지하고 있어 안심하고 다가갔다. 그런데 가까이 갈수록 앉는 것이 망설여졌다. 그녀는 울고 있었다. 실례인 줄 알지만 더 이상 걷거나 서있을 수가 없는 처지여서 울음이 깔린 자리를 뭉개며 앉았다. 그 여인에게 우는 까닭을 물을 수도 없고 위로하기도 난감하나 최소한 예의가 있는 행동이라면 슬픔의 종류는 다르겠지만 내게 슬픔을 주었던 일을 떠올리며 눈빛으로 동조해 주는 일밖에 없었다.

옆자리에 앉자마자 들키지 않게 그녀가 왜 우는 것일까 이유를 추측해 보았다. 차림새나 생김새를 보면 아름답게 나이를 먹고 부유해 보여 울 일이 없을 것 같은데 곁에 사람이 다가와 앉는데도 불구하고 흐느끼는 것을 보면 체면 따위 아랑곳없는 깊은 슬픔이 있나 보다. 문득 그녀가 부러워졌다. 자신의 감정을 속이지 않고 슬픔에 푹 빠져 눈물샘에서 연신 길어 올리는 그녀의 눈물은 삶의 진정성을 느끼게 해주었기 때문이다.

언제부터인가 눈물이 희박해진 나를 알아차렸다. 그래서 내 삶이 행복한 일만 계속되는 것이라고 착각하며 살아왔다. 하지만 앞으로 살아가는 동안 얼마나 많은 기쁨과 얼마나 많은 슬픔이 대기하고 있는지 알 수 없는 노릇이다. 어리석게도 그동안 감정을 지나치게 억눌러 기쁜 일은 들뜨지 않게 기뻐하고, 슬픈 일에는 울음이 새어 나가지 않도록 방습제로 도포해 버렸다.

나도 때로 미어지게 가슴이 아프고 슬플 때 그녀처럼 눈물을 펑펑 흘려버리고 싶다. 하지만 좁은 어깨를 들썩이며 흘린 눈물이 드넓은 대지를 적시지는 못할 것이다. 지나가던 바람이 금세 말려버릴 것이고 때로는 빗물이 은닉해 줄 것이니 누구의 눈에 띌 리 만무하다.

몇 해 전 〈울지마 톤즈〉라는 다큐멘터리에서 아프리카 수단의 아이들이 처절하게 열악한 환경에 살면서도 눈물 흘리는 법을 모르고 살다가 삶에 희망과 깨달음을 준 이태석 신부가 돌아가셨을 때 슬픔에 북받쳐 눈물을 흘리는 것을 보았다. 울 때까지 울어 눈물의 끝을 본 사람이라면 눈물에 닦인 뜨거운 삶의 길이 보일 수 있을 것이다. 울보 시인 박용래는 눈물이 삶의 충실한 일면을 보여주는 것이라고 했다.

　이 더위에 우는 일이라면 회색빛 구름 뭉치처럼 무겁고 우울한 일이다. 하지만 그 구름을 한칼의 번개로 관통하여 열병을 앓고 있는 사람들에게 소나기를 퍼붓듯 내면에 쌓인 찌꺼기를 씻어내는 눈물이라면 얼마든지 속 시원히 울어도 될 만한 일일 것이다.

이경임

2005년 〈매일신문〉 신춘문예 등단.
시집 『프리지아 칸타타』.
2011년 한국시조시인협회 신인문학상 수상.

그 저녁에

거기, 너 앉아서 하염없는 노을이다
떠나는 사람 향해 무릎 꿇던 간곡함이
이 저녁
미동도 없는 어둠으로 스며든다

거기, 너 앉아서 하염없는 어둠이다
꽃망울 터지는 소리 아프게 들으며
저만치
멀어져 가는 숨결을 짐작한다

거기, 너 앉아서 하염없는 슬픔이다
목젖을 짓누르는 눈물이 시가 되는
이 슬픔
견뎌보기에 참 괜찮은 저녁이다

나의 사소한 연대기

셈이 어두운 나는 원시의 어느 시대
이를테면 구석기 시대쯤의 인간이 되어
아무런 걱정도 없이 햇살을 보고 싶네
바람의 말을 들을 줄 아는 귀를 열어
사람의 거짓들은 나뭇잎처럼 흘려들으며
저녁이 이슥하도록 바람 속에 서있으리
한 덩이의 고기를 허물없이 나누며
밤이면 배가 든든한 아이들의 머리 위에
착하게 피어오르는 은하수를 바라보겠네
달이 떠오르는 숲속 어둠 한편에서
잠들지 못한 이들이 불어주는 휘파람에
단꿈이 깊었던 새들, 지평선 너머 날아가고
빗살 몇으로 셈을 해도 그저 빈손의 가계
이 맑은 가난이 춥지 않은 동굴의 밤,
먼 들판 뛰쳐 오르는 말발굽 하나 새겨 넣겠네

저녁 소감

저물녘
참 오랜만에 가슴이 두근거린다
그대를 지나오던 무수한 걸음들
골목 끝 외등 앞에서 점점이 흩어지고

그 길에 나도 있어,
그대를 지나간다
한 번도 닿은 적 없었던 사람들처럼
다 닳은 일기장 속에 머물던 사람들처럼

저녁은 깊게 깊게 울어본 사람들의 집
눈물 같은 불빛 따라 창이 닫히고
어쩌다 올려다보면 목이 메는 하현의 밤

별의 서사

건넌방 젊은 여자가 가까스로 몸을 풀었다

밤새 함박눈이 무릎까지 내렸고

눈처럼 희고 보드라운 아이가 울었다

안채의 부엌에는 미역국이 끓었고

삼신상을 차리는 어머니의 뒤를 따라

우리는 발이 푹푹 빠지는 마당을 뛰었다

어느 날 문득 떠오른 초저녁 샛별처럼

아이의 분홍빛 이마가 빛나던 그 밤

별들의 두터운 축들이 한 걸음씩 물러섰다

안개 걷히듯 그날의 배경들 하나둘 사라지고

새 별을 축원하던 노쇠한 별 하나,

성단星團의 깊은 어둠 속으로 고요히 흘러간다

동피랑

바람 부는 날이거든 동피랑에 서보라
떠나온 고요만큼 눈부신 저 햇살들
한 땀씩 노을을 짓던
옥양목의 하늘에

지난밤 휘몰아친 풍랑은 지쳐 눕고
비탈진 골목마다 그대가 돌아오는
환한 빛 만져보고 싶은
서성거림 보이는지

지상에 오지 않을 별들이 잠에 드는
동피랑 초저녁이 왈칵 서러워진다
언젠가 돌아가야 할
사람들의 저 언덕

편두통에 대한 분석

빌딩숲 사이 저 별은
내 편두통의 증거다
혈류를 거스르며 한곳으로 기우는 몸
더 갈 데 차마 없어서 모퉁이를 자처한 별

울란바토르 하늘에 씻은 듯 붙박이는 건
남은 짐 마저 싸는 쓸쓸한 편지 한 장
어차피 돌아갈 길은 몇 알의 통증완화제

두 눈을 감으면
소리가 더 환하다
소슬한 바람 몇몇
무심코 지나치는,
내 생애 한 귀퉁이에
누군가 떠나가는

꽃이 피다

간밤의 꿈결에 다녀간 이를 생각한다

거의 다 걸어온 한 생애의 젖은 자리

홀연히 사라지는 꿈조차 아프게 멍울지는데

집으로 돌아가지 못한 상처가 떠도는 건가

차가운 눈으로 바라보며 서있던 물상物像

내 안에 차마 들이지 못한 내가 아닌지

어쩌면 오래도록 문밖을 서성이며

내 잠을 두드리다 돌아서는 내가 아닌지

이 슬픈 잠의 기원이 붉은 아침이다

믿음직한 독서

때로는 이름만 보고서도 값을 치르는

믿음직한 시인이 있다 그런 시집이 있다

고요한 음역을 가져 더 아름다운 까닭이다

늦은 밤 잠 못 들고 일어나 앉은 시각

연애편지 뒤적이듯 책장을 펼쳐 든다

예전에, 누구를 그토록 사랑한 적 있던가

그 사랑에 상처 입어 흐려지는 행간으로

환하게 건너오던 따뜻한 문장들

한없이 어둡고 깊은 밤을 견디는 기도였다

당신을 펼쳐 드는 오후

점심을 거절하고 돌아서 온 오후 내내
비릿한 어떤 것이 명치끝에 걸려있다
긴 황혼 담담히 바라보며 식어갈 마음인지

다시 돌아올 리 없는 옛일의 한 자락에
몇 알의 기침약을 덧칠하듯 삼키며
무거운 책장을 펼친다,
당신을 읽어간다

호젓한 시절을 우리가 다녀갔구나
오늘 웅크려 앓는 감기처럼 다녀갔구나
막차가 들어오는 소리 꿈결처럼 듣는다

그곳에서 멈추자

수성에서는 좀처럼 해가 지지 않는다지
해가 뜨고 지는 데 두 해가 걸린다는 곳
사랑도 지지 않을 수 있는 그 별에 닿기로 하자

우리는 찬란히 떠오르는 해를 보며
오로라처럼 몽유적인 사랑을 시작하고
어둡고 쓸쓸해진 골목길은 보이지 않을 것이다

폭풍우 치는 밤이 없는 별의 언덕에 서서
죽도록 사랑한 기억들만 남겨두자
마침내 어두운 밤이 무덤처럼 걸어오고,

태양을 찾아서 잡았던 손 그만 놓치면
사랑은 해 뜨는 그곳 수성에서 멈추자
지구의 밤하늘 위에 다만 머물러 빛나게 하자

11월 흐린 날에

무의미한 하루다
깡마른 영혼의 뼈,
목청이 높은 새는 저공으로 맴돌고
한나절 두드리던 자판도 바짝 날이 섰다

간밤의 잠이 얕아
모래알 같은 망막에
무채색의 쓸쓸한 기억들 몇 다녀가고
비릿한 저녁 하늘을 누군가 끌어내 온다

먼 데서 흘러드는 불빛에 마음 기대어
낯선 이의 어깨라도 감싸 안고 싶은 날에
모두가 한껏 낮아져 목이 잠기는 그런 날에

아무도 오지 않는 하루, 제라늄

헐렁한 티셔츠에 무릎 나온 바지를 입고
슈퍼에 다녀온다 느릿한 오후의 집
꽃대를 힘껏 밀어 올린 뿌리가 앙상하다

압력솥 추가 돌고 밥이 익는 소음들
이명이 더한 날엔 그리움도 통증이다
꽃 붉은 한때가 있어 더 저릿한 빈집

저녁 거리 어디쯤 당신이 오고 있다면,
불 꺼진 막차처럼 어두워진 기다림이
깜깜한 뿌리 속의 길 하나를 찾아든다

사나흘 앓던 몸살 끝
텅 빈 몸이 되어
이제는 괜찮다고,
불을 끄는 한밤중
씨방을 다 털어내고 앉은 꽃이 환하다

수취인 불명

늦잠에서 깨어나 화분에 물을 준다

햇빛처럼 톡톡 터지는 오후의 미립자들

나른한 얼굴이 되어 적막을 펼쳐놓는다

열망의 한 시절이 내게도 있었던가

하나씩 닫히는 세상의 문 앞에서

얼마나 오랜 시간 동안 멈춰 서 있었을까

우체부는 또

축 늘어진 어깨로 돌아가고

두툼한 솜이불처럼 시간이 흐르는 집

한동안 찾을 길 없는 불명의 행성 하나

카시오페이아자리

오래된 바람벽에는 조금씩 틈이 있다
우리가 알지 못하는 시공을 지나오며
꽃들이 메말라 가는 시간을 안고 있다

온몸으로 그 시간의 기척 품어오던 날들
그대가 아니고서는 길이 없던 시절 내내
무심히 먼먼 별들을 스쳐 가는 바람 소리

내 창을 서성이던 무수한 다짐들
한 생을 끌어가던 의지마저 허상이던가
슬픔은 저녁 밀물처럼 떠밀려 오고 있었다

그대는 내 오랜 몰두의 시린 별자리
멀어서 닿지 않는 상처의 궤도 위에
아프게 머물러왔던 하나의 바람벽이었다

첫눈

늦은 밤

빌딩 앞 구석진 자리에 앉아

한 노파가 눈물 젖은 꽃다발을 내밀고 있다

'오늘을 다 견뎌내 온 이들에게 축복을'

축성祝聖은 외진 거리를 거룩하게 빛내고

주름진 이마 위로 함박눈이 내린다

꼬깃한 지폐 몇 장과 찬밥 덩이의 성탄 전야

남은 꽃이 더 많은 바구니 언저리에서

흩어지는 발길에 야윈 등이 구겨진다

따스한 불빛을 찾아 종종걸음 치는 캐럴 몇 소절

교회의 종이 울려 사람들은 두 손 모으고

돌아갈 집이 없는 노파는 한뎃잠이 든다

그 위로 성탄이 기쁜 눈은 밤새 내리고

간극

1
신새벽
장의차 긴 행렬이 스쳐 지난다
불현듯 저절로 움켜쥐는 운전대에
사력의 본심이 도사리는 생사의 교차점

2
몇 걸음 뒤
불빛만 골라 밟는 그림자
태엽이 죄다 풀리는 시계방 앞에 선다
하나의 매듭이 되지 않는
내 몸의 검은 파편들

3
아파트와 아파트 사이
바다가 놓여있다
밀실로 연결된 두 개의 문이 굳게 잠겨

최후의 증언으로만
출구를 더듬는다

4
내 피톨을 떠도는 점액질의 긴긴 시간
고생대를 거쳐 저 문밖에 이르는 동안,
집요한
시선을 쫓아
날아오르는 흰나비

그림자 사냥

자정, 사방으로 흩어지는 발소리
골목 끝이 어두운 건 숨겨둔 것 많은 까닭
돌아선 네 뒷모습에 가위눌린 잠결이다

가로등 굽은 어깨가 활시위를 당긴다
흥건한 땀에 젖어 꿈을 깨던 빈자리
과녁은 완강한 꿈이 흘려놓은 자락이다

희붐한 빛의 언저리 균열된 상처의 틈에
포박을 당한 과거가 구겨져 돌아온다
자꾸만 내 걸음에 밟히는 그림자의 이름은

물속의 집 2

어둠 속
더듬더듬 스위치를 올린다
반짝 눈을 뜨며 일제히 숨 쉬는 집
박제된 날벌레들이 힘차게 날갯짓한다

당신은 돌아오지 않고 식어버린 찻잔,
바람결에 넘어가 버린 덮지 못한 책들과
벽지의 푸른 무늬처럼 번지는 곰팡이 포자

어제의 일들이었다,
흘려 쓴 글씨체가
또렷한 의식으로 다가와 앉는데
두 눈이 자꾸만 젖는 까닭은 무엇인지

문이 닫히면 저절로 숨이 멎어
진공의 푸르디푸른 정맥으로 맺히는
기억들
세상의 소문을 끌어안고 잠을 청한다

이층집 옥탑방 2
– 에필로그

추억은 아름다운 과거의 이름이다

베개 밑에서는 밤마다 물소리가 흘러나왔다
발원을 알 수 없는 물소리는 잠기지 않는 창문에서도
흘러내렸고
깨진 부뚜막 타일 틈새로도 스며들었다
그해 여름, 옥탑의 밤은 축축하고 질척거렸다
곰팡이가 꽃무더기처럼 피어나
벽 속으로 흘러가는 물을 받아먹으며 자랐고
전등을 밝히면 새로 피어나는 꽃들에 멀미를 앓았다
우기의 시간들이 비탈을 힘겹게 오르고
거기, 네가 서있던 그날들은 벽 속 깊은 곳에서부터 피
어나던
꽃들의 앙칼진 비명소리뿐
창을 열면 벼랑보다 더 깊은 밤이 엎드려 물소리를 키
우고
맨발로 자박자박 물을 건너는 과거가 흐린 눈으로 울고

있었다

  오래전 떠나와 어두운 방 스위치를 찾듯 더듬거리며
  몇 개의 물줄기를 기억하는 그 방을 아름답다고 말할
수 있을까

  추억은 진열대에 나열된 금빛 리본으로 꽁꽁 동여매인 채
  기억의 한 모퉁이를 둥둥 떠다녔다
  빛나는 것은 추억이 아니라 봉함을 가장한 리본이었으나
  희미한 가로등 아래 모인 사람들은 그것을 추억이라 중
얼거린다

  추억은, 아름다울 수 있을 때 불러주는 이름이다

엄마의 날개

적막하다.

그냥, 적막하다.

사그락사그락 눈 내리는 창밖 풍경과 더불어 집 안은 진공의 압력이 팽창해 있는 듯 고요가 팽팽하다. 모든 움직임과 소리를 먹어버린 블랙홀 같은.

순간, 적막을 깨고 괘종시계가 울린다.

산사를 깨우는 범종의 소리처럼 무겁고 둔탁한 괘종시계의 울림이 어머니의 눈꺼풀 위에 내려앉는다. 문득, 가녀린 어머니의 맨발이 유난히 희고 눈부시다.

이 눈 속을 날아 집으로 돌아가고 있는 새가 있다면 저렇게 희고 부드러운 발을 가지지 않았을까.

"쌀 씻어 안쳐야지……."

겨우 눈을 뜬 어머니의 가녀린 한마디가 방 안을 떠돌며 먼지처럼 잠시 반짝이다 가라앉는다. 초점 잃은 눈이 현관문을 향해 천천히 움직이다가 그곳에 그대로 멈춘다.

누구를 기다리는 걸까. 해가 져도 돌아올 사람이 없는데.

기억은, 연탄아궁이의 화력을 키우며 밥을 안치던 옛날에 가있는 걸까.

밤늦도록 돌아오지 않는 식구들의 저녁밥을 아랫목에 조심스레 놓고 이불을 덮어 데우던 어느 겨울밤을 서성이고 있는 걸까. 아니면 두레반상을 펴놓고 식구들이 모여 앉아 밥을 먹던 옛집의 저녁 시간에 머물러 마음 조급해진 걸까.

젊은 시절의 어머니는 가끔씩 대청마루에 앉아서 새가 되고 싶다고 말했었다. 새가 되어 어디로든 훨훨 날아가고 싶다며 낮게 이야기하던 어머니의 눈빛은 늘 허공에 가있었다. 저러다 어머니가 정말 새가 되어 먼먼 하늘을 날아가 버리지는 않을까 조바심이 났었다. 때로는 간절해 보이기까지 하던 휑한 눈빛이 어린 내 마음을 저리게 하는 까닭은 무엇이었을까.

사람이 새가 될 수 있을지를 고민해 보지 않았다. 적어도 내게는 무한의 우주 같은 존재로 자리하던 어머니는 충분히 새가 될 수도, 이 집을 떠나 훨훨 날아갈 수도 있을 거라고 생각했다. 물에 불린 시래기처럼 눅눅한 삶이 어머니의 희고 여린 발목을 붙잡고 있어서 고단하였으리라.

삶이란 것이 지푸라기에 엮인 날달걀 같아서 쉬이 부딪치고 깨지는 일이 다반사이지만 젊은 날의 어머니는 어쩌다 벼

랑 끝에 둥지를 틀어 여럿의 알을 부화했다. 바람이 거셌고 격
랑이 자주 일어 둥지가 위태로운 날이 많았다.

어머니는 먼 하늘을 날아오르는 대신 날개 사이에 어린 새
들을 품었다.

새끼들에게 필요한 건 위태로운 날개로 어미 새가 물어다
주는 먹이와 따뜻한 쉼터일 뿐이었다. 어미 새는 자신의 날개
를 고르거나 어루만져 볼 여가도 없이 둥지를 살피고 쓰다듬
었다. 허공에 매달린 둥지가 온전히 어린것들을 키우는 제 몫
을 할 수 있었던 것은 어미 새가 늘 그곳에 있었기 때문이었다.

아무도 어미 새가 무슨 생각을 하는지, 얼마나 외롭고 고달
픈지를 단 한 번도 물어봐 주지 않았다. 지극히 당연한 일이라
고 고개 돌리고 외면했다.

부리를 키우고 큰 날개를 얻은 아기 새들은 마침내 어미 새
의 몸을 쪼아대기 시작했다. 처음엔 몸통을 쪼아대고 큰 날갯
짓으로 어미를 궁지에 몰아넣기도 했다. 어미 새는 신음조차
내지 않았다. 견디는 것만이 자신의 일인 듯 숨소리도 내지 않
으려 입술을 깨물곤 했다. 어미 새가 가진 날개가 깊고도 가파
른 벼랑을 막는 유일한 피난처였지만 아기 새들은 떠날 때까
지 그 사실을 알지 못했다. 몸통과 심장을 쪼아대던 어린 새들
이 떠나고 빈 둥지에 남겨진 늙은 어미 새가 올려다보던 하늘
이 얼마나 멀고 어두웠던가를 아무도 알고 싶어 하지 않았다.

이미 오래전에 다 자란 아기 새의 손길이 닿는다. 찢어지고 빛바랜 날개의 고된 결을 따라 조심스레 어루만지는 뒤늦은 미안함. 달빛 아래 서툰 손길이 이마를 어루만지고 정맥이 훤히 보이는 살결을 어루만지며 나눌 수 있는 인사를 목젖 아래 깊숙이 삼킨다.

수저를 들 식구가 다 제 갈 길을 떠나버린 지 오래인 저녁, 날개의 시늉만 겨우 남은 어미 새에게 무릎 꿇어 수저를 올린다. 너무 늦어서 어떤 위로도 당신의 삶을 꿰맬 수 없는 부끄러움이 목젖을 치고 넘어와 눈물샘에 고인다.

밥물이 넘치는 저녁을 한참 동안 지켜보고 있다.

돌아갈 날을 짐작이라도 하듯 앙상한 날갯짓으로 자신의 얕은 발자국 하나마저 말갛게 닦으려 안간힘 쓰는 뒷모습에 모든 정물이 한없이 흐려지는 시각.

먼먼 길 떠나가는 무리를 놓쳐버린 한 마리 철새의 힘겨운 날갯짓이 어두워져 오는 밤하늘을 붉게 물들이고 있다.

그 후

1

겨우 꿈에서 깬다. 식은땀에 젖은 새벽, 꿈길은 천길 절벽이었다. 괜히 서러운 마음에 눈물이 쏟아진다. 북으로 난 창이 환하다. 눈이 내려 뒷산 언덕이 온통 희디흰 빛이다. 물 한 모금 삼키며 창밖 풍경을 바라본다. 절벽을 벗어나 아직 살아있구나, 이 과분한 풍경을 보고 있구나…….

잠이 친근하지 못한 내게 신이 내리는 선물이다. 누구도 보지 못한 자연의 내밀한 풍경을 다른 이들보다 내가 먼저 읽고 있으니.

또박또박 쓰던 일기를 덮은 지 며칠, 떠나온 옛집의 불빛이 유난히 밝아 발걸음을 떼지 못하던 밤마다 가위에 눌린다. 나를 짓누르는 건 과거보다 훨씬 더 불투명한 미래의 모래성 같은 삶에 대한 두려움은 아닌지. 실체를 모르는 누군가의 손이 짓누르는 꿈처럼.

하지만 이 새벽의 정서는 꿈과는 사뭇 달라서 감동적이다. 뜻하지 않은 풍경이 또 오늘 하루를 살게 하는 힘이다. 아침밥을 먹어야겠다.

2

나는 무채색에 가까운 사람이다. 낮은 채도의 영역 안에서만 머무르며 그 안에서 비로소 평화롭다. 꽃이 아름다운 건 절정의 제 빛을 다 거두고 물러앉아 호흡을 가다듬을 줄 아는 때가 있어서일지도 모른다. 내내 붉고 아름답기만 하다면 누가 꽃을 귀하게 돌아봐 줄까.

아쉽게도 나는 그 열정의 시간 속에 합류해 보지 못한 채 살아간다. 그런 내가 최근에 어떤 것에 심취하기 시작했다. 그냥 한번 시작해 볼까, 였는데 파장이 심했다. 취미 생활을 하는 사람들이 갖는 일명 '장비병' 또는 '지름신'이 무성의하던 내게도 왔다. 잠들거나 눈뜨는 삶의 모든 시간을 그것에 집중하고 몰두했다. 오직 그 취미와 관련된 것들을 사 모을 궁리뿐이었다. 옷이나 구두 따위는 눈에 들어오지 않았다. 대가는 혹독했다. 엄청난 비용이 소모됐고 일상의 모든 초점이 '그것'에 맞춰져 뒤죽박죽이었다.

혼돈이 오기 시작했다. 내가 이토록 열정적인 사람이었던가 새삼 놀라다가도 또 해외 사이트까지 뒤지고 있었다. 그러기를 일 년 정도, 몰두의 정점을 찍고 잠시 소강상태. 광대한 이 분야를 감당해 낼 길이 없음을 서서히 깨달으며 나도 멈춰

섰다. 어마어마한 잔해를 집 안 가득 남기고.

돈과 시간과 열정의 잔해를 정리하면서 얻은 것은 나에 대한 재발견이다. 물론 다시 내게 이런 열정이 찾아올 리 없겠지만 흰색의 한지가 선명한 물감을 먹어 물들듯 잠시 선명하게 물든 적 있다는 내 삶에 대한 소소한 위로가 남았다.

3

어머니가 중병을 앓고 있다. 슬리퍼 끌고 동네 마실 나가듯 하룻밤 앓는 고열에 병원을 다니러 가서 중병을 선고받았다. 이 도시의 병원에서는 고개를 저었고 서울의 큰 병원에서 모험일지도 모르는 대수술을 받았다. 아무것도 기대할 길 없는 상황이었다. 수술의 상처가 아무는 것보다 훨씬 더 극심한 후유증에 시달렸고 물 한 모금마저 금지되는 날들이 길었다.

퇴원이 거듭 연기되고 급기야 통증에 시달리며 잠 못 이루고 병실 밖 휴게실에 쪼그려 앉아 눈물 흘리며 밤을 지새우는 날들이 계속됐다. 유난히 혹독한 추위에 더 힘겨운 겨울날이었다. 창밖에는 흰 눈이 펑펑 내려 아름다운 세상이었지만 우리의 눈앞, 내 발밑은 고통스러운 세상이었다.

병원 안팎의 풍경은 참으로 대조적이었다. 세상의 모든 소음을 덮으며 눈이 내리는 한밤에 옆 병실의 부고를 받은 이들이 울음을 손수건으로 막으며 복도를 달렸다.

어디에 내가 있느냐에 따라 명암이 엇갈리는 것, 이 모순적이고 비논리적인 사람의 삶에 가끔씩 항거하고 싶기도 하지만, 방법이 없다. 어머니의 병처럼.

내일을 기약할 수 없는 어머니의 하루가 또 저물고 있다. 기력이 쇠잔해져 떨리는 손으로 살림살이를 정리하는 어머니의 뒷등을 절대 잊어버리지 않으려 오래오래 바라만 본다.

4

해 질 무렵, 산 정상을 향해 걸어간다. 적어도 내겐 무모한 도전이다. 무지無知에서 비롯되어 불현듯 일어나는 객기가 그 걸음을 선택했다.

안개, 비……. 날씨가 궂었다. 동행이 있었으나 미력한 나의 안간힘은 자연에 역부족이었다. 미안함에 동행을 과감히 먼저 보냈고 순식간에 후회가 시작되었다. 사물을 식별하기 힘들었고 인기척 하나 없는 초행의 숲속에서 동행을 보내고 맞은 밤 시간. 비바람이 몰아쳤고 안개가 발밑까지 몰려왔다. 몸이 힘든 것보다 훨씬 더 암담한 두려움이 엄습해 와서 한 걸음 내딛기도 힘들었다.

깜깜한 쉼터에서 동행이 정상을 거쳐 돌아오기를 기다렸지만 감감무소식이었다. 공포가 극에 이를 즈음, 벌떡 일어서 걸음을 옮겼다. 정상을 향해 한 발, 한 발.

차라리 그게 나았다. 무방비 상태로 고스란히 두 손 놓고 두려움에 떨기보다는 몸을 일으켜 무엇이든 하는 게 그나마 불안정한 호흡을 가다듬는 데 도움이 됐다.

그렇게 한 걸음 한 걸음 내딛다 보니 먼저 간 일행이 내려오고 있었다. 안개 속에서 희끄무레하게 보이는 사람의 형상이 어찌나 반갑던지.

오늘 밤도 길을 걷다가 나도 모르는 사이 불빛을 찾아간다. 밤하늘에 무수한 별들이 반짝이긴 하지만 사람만큼 아름답게 반짝이는 건 없다고 믿으며.

5

이상하게도 내 심리적 통점은 손등이다.

순간적으로 놀라거나 극심한 정신적 고통이 있을 때 양쪽 손등에 수백 개의 바늘로 찌르는 듯한 통증이 찾아온다. 내 스스로도 이해하기 힘든 통증이다. 심리적인 고통과 손등 사이에 어떤 상관관계가 있을까를 곰곰이 생각해 봤지만 별 명쾌한 답은 없다. 견딜 만한 정도여서 병원을 찾지도 않고, 이젠 그냥 그러려니 하지만 통증이 올 때마다 이 의문도 함께 따라온다. 내재된 심리적 고통이 다른 분출구를 찾지 못해 만만한 손등으로 오는 기이한 몸부림이라고 치부하기로 한다.

내 삶의 통점은 어느 부분이었던가. 내 詩의 근원점이기도 한 그것은 어디쯤에 분포되어 있었던 걸까.

더듬어보면 아픈 날들이 참 많았다. 아프다고 말할 수도 없었던 날들, 그날들의 치명적인 통점은 잠이었다. 몇 날 며칠을 잠들 수 없었다. 정신은 맑았고 몸은 아팠지만 잠이 오지 않았다. 몸의 어느 부분이 찢기는 것보다 더 마음이 아플 때, 그 환부가 내게는 잠이었다.

오늘 밤도 정신이 맑다. 지나온 삶이 도화지에 4B연필로 그린 듯 또렷해져 온다.

달빛을 등에 지고 작은 램프라도 켜놓고 글을 써야겠다. 낯익고 오랜 통증들이 서로 팽팽하게 맞서는 동안, 나는 이 세상 어디에도 없는 글 한 줄 써야겠다.

달빛이 서늘하다.

6

철컥 닫힌 빗장 앞에 서있다. 늘 타의였다. 타의라고만 믿어버렸다.

지금 내게는 오래된 사람들이 남아있다. 사람은 어김없이 내게 상처였고 나 또한 무덤덤해서 누군가의 상처였을 터.

내 마음에 겹겹이 둘러쳐져 있는 빗장은 쉽게 풀리지 못한다. 다만 나의 영역 안에 힘겹게 사람을 들이고 그들은 그대로 온전히 내 편이라 믿을 뿐.

나는 한 사람도 밀어내지 못하고 수십 년을 지내왔다. 더러 연락이 끊기기도 하고 서로가 잊고 살기도 하지만 여전히 '내 사람들'이다. 그렇게 믿는다. 이 믿음은 온전한 자의다. 어디서 어떤 모습으로 살아가든 따뜻한 기억 속에서 옛 모습 그대로 살아있다. 그것으로 충분하다.

이런 편협한 기억과 믿음은 분명 나의 의지일 텐데 나는 늘 타의로 빗장 지른 문 앞에 망연하게 서있다고 생각해 왔다. 엇박자를 거듭하는 삶의 모순들, 이 또한 나의 삶이다.

빗장 지른 문은 너무 두꺼워서 안간힘으로 두드려도 소리조차 삼켜버리고 나는 여전히 같은 자리에 그대로 서있지만 아직 내게 남아준 사람으로 버틴다. 그들이 나의 힘이다.

쌓여있는 책 무더기 속에서 발견한 책, 『그 후』. 참 복잡한 심경을 잠재우며 읽은 한 권이다.

파란波瀾의 삶이 지나간 그 후, 여전히 내게 남은 쉽지 않은 과제다.

그 후, 그리고…….

골목길 사유

다시 아침이다.

해가 높고 새소리가 청량한 오늘도 골목길은 하루를 시작한다. 대로변에서 조명가게를 끼고 오른쪽으로 꺾어 들어가면 고만고만한 집들과 몇 개의 가게가 어우러져 있는 골목길이다.

정년퇴직을 하고 칠순을 넘어 백발이 성성한 장 노인이 따릉따릉 자전거 벨을 울리며 폐지를 찾아 지나가면 그보다 훨씬 더 늙은 골목이 느리게 하품을 한다. 한바탕 쓰레기차도 요란스레 지나가고 '하늘유통' 허름한 슈퍼도 문을 연다. 부지런한 '동양이용소'는 어느새 두어 사람이 드나든다. 9시가 되자 날마다 잔뜩 미간을 찌푸린 여자가 초록색 원피스를 입고 손목시계를 들여다보며 큰길을 향해 총총 걸어간다.

햇살이 눈부시거나 비가 오고 바람이 부는 일이 아니면 골목은 늘 같은 표정을 가진 사람들이 저마다의 희망을 가슴에 품고 지나다닌다. 좀처럼 아무것도 달라지지 않는다. 몇 해 전 결혼을 하면서 새로 집을 사서 수리를 마치고 이사한 전문직의 새댁이 아기를 안고 나와 서성이는 것 외엔.

그마저도 시간이 흐르고 한낮이 되면 골목길은 언제 그랬느냐는 듯 조용하다. 이용소 앞의 삼색등도 더위에 지친 듯 느릿느릿 돌아가고 슈퍼는 장사를 하는지 어쩐지 들여다보지 않으면 알 수 없도록 침침하다. 낮잠을 자러 들어간 건지 아기와 새댁도 보이지 않고 가끔씩 아기 울음처럼 긴 여운을 남기며 먹이를 찾아다니는 길고양이만 지나갈 뿐.

노을이 아름답게 물들 무렵이면 저녁밥 짓는 소소한 달그락거림과 생선이 노릇노릇 익어가는 따스한 냄새로 골목은 부러울 것 없는 충만함에 젖어 휘휘~ 휘파람을 불기도 한다.

해가 지고 어두워지면 골목길은 지쳐서 집으로 돌아가는 사람들의 등을 말없이 두드려준다. 울음을 삼키며 돌아오는 사람들을 위해 기꺼이 어둑해지기도 하고 뒤를 돌아보며 불안해하는 이들에겐 반짝, 가로등을 켜주기도 한다.

언제부터였는지, 역사를 알 수 없을 만큼의 긴긴 시간 동안 골목은 그렇게 앉아서 오가는 사람들을 바라보고 있었다. 아이가 태어나고 자라는 모습을 흡족하게 지켜본다든가 그 아이가 어른이 되어 골목을 떠나는 뒷모습을 남몰래 눈물 훔치며 보고 있기도 했다. 빈터에 집을 짓고 들어와 노인이 될 때까지 골목을 바쁘게 오가는 장년들의 삶을 팔짱 끼고 묵묵히 바라봐 주는 인내심도 가지고 있었다. 골목을 찾아드는 사람들을 두 팔 벌려 기꺼이 안아주거나, 어떤 연유로든 그 골목을 떠나가는 이들의 뒷등에 은은한 달빛 한 자락을 비춰 보내기도 하던 긴 세월이었다.

이 골목길 어느 귀퉁이의 한 자리에서 어느새 듬성듬성 돋아나는 흰 머리칼을 쓸어 올리며 여태껏 내가 마주하던 골목길을 생각한다. 꿈에서도 떠오르는 유년의 좁고 아득했던 골목길과 첫사랑의 두근거림이 시작되던 골목길, 최루탄 연기로 고통스러웠던 길이 있기도 했다. 뜻하지 않게 마주치던 막다른 길도 있었고 새벽 별빛이 외로운 길도 있었다.

그 길들은 때로는 어둡고 쓸쓸해서 울먹울먹 찾아들어야 하는 설움이기도 했고 때로는 말없이 하늘만 올려다보아야 하는 막막함에 털썩 주저앉는 절망이기도 했다. 불빛들 요란한 큰길에서 들뜬 저녁을 보내고 돌아오는 골목길에 주저앉아 목 놓아 울던 날도 있었다. 마치 긴 방황을 끝내고 돌아오는 탕자에게 다그침 없이 두 팔 벌려 안아주듯 골목은 기꺼이 나를 보듬어주고 숨겨주기도 했다. 내 긴긴 방황을 지켜보다 못해 어쩔 줄 몰라 하는 아버지처럼.

모두가 집으로 돌아가고 아무도 오지 않는 골목길에 밤이 들면 외등 아래 서서 새벽녘까지 내 불 꺼진 창을 올려다보았을 옛 사람의 향기가 전해져 온다. 다 멀어져서 손을 뻗어도 닿지 못하는 어느 골목길의 한쪽 서랍을 닫으며 흥얼거리는 노래 한 소절.

축 늘어진 내 어깨에 손을 얹으며 툭툭 치는 기분 좋은 울림이 맑은 밤하늘에 닿아서 별들이 제자리를 찾아 움직이듯 나도 가뿐한 걸음으로 집으로 돌아간다.

골목길은 별빛도 끄고 가로등 불빛도 끄며 잠을 청한다.

권영오

2005년《열린시학》등단.
시집『철학하는 개』『귀항』.

나비의 무게*

다 내려놓고 돌아와 누웠어도 어깨가 무겁다
악착같이 매달리는 것만이 사랑이었던,
그에게 지운 짐마저 사랑인 줄 알았으므로

한 마리 나비의 무게를 견디지 못해
마지막 무릎을 꺾었다던 사나이

여전히 그것만이 그것인 줄 아는 그것들을 위하여

* 에리 데 루카의 소설 제목.

대전 블루스

막차에 실려 온 봄밤이 깊다
꽃 소식에 설레던 마음도 끝물이어서
속을 다 봐버린 사람처럼 덤덤하고 덤덤하다

면발을 건지듯 머릿속을 휘저어 본다
아무리 기쁜 맘으로 바라봐도 역은 쓸쓸하다
대전역 그 가락국수에 대해 이야기한 바 있다

너무 많은 것을 사랑했을 때

내가 사랑했던 것들이 너무 빨리 옛날이 되고 말 때,
일말의 사심 없이 빗소리를 들을 때
옛날이 참 많았구나 너무 많은 걸 사랑했구나

계절 탓이었을 거다
누구의 탓도 아니었으니
그저 왔던 것이고
그쯤 멈춘 것이고
잎 지던 그날과 같이
누구의 탓도 아니지만

좀 더 아팠더라면 더 많이 괴로웠다면
옛날이 좀 더디 오지는 않았을까
잎 다 진 가지에 매여 함께 울어보는 밤

돌이킬 수 없는 사랑과
헤어날 수 없는 마음에 관하여

지난 밤 까먹은 귤껍질이 말랐다
다 못 먹고 놓아둔 귤은 또 물렀다
향기와 냄새의 접점, 마름과 무름의 경계

별이 빛나는 밤에

끝장을 보리라고 칼을 품고 찾아간 밤
멀찍이 쭈그리고 그 긴 밤을 다 보냈을 때
내 삶의 결말은 이미 정해졌던 것이다
칼날의 난무 붉은 피의 작렬을 꿈꿨으나
지린내 풍성한 부로꾸 담장 밑
그곳이 비루한 인생의 비등점이었다는 것도

적들의 심장을 노리던 칼날처럼
그날의 눈물처럼 위험하게 별은 빛나고
또 내가 사랑한 것들 모두 남의 담을 넘는 새벽

일요일의 행방

우리가 낮에는 눕지 않는 짐승이었더라도
지금처럼 꽃을 키우고 개를 키우고
간간이 창문을 열어 하늘을 보는 풍속이었을까?

겨울은 언제나 뒷골목에만 그늘을 만들고
지랑물을 받듯이 우리는 조심스레
십이월 볕에 손을 내밀어 그늘을 견딘다

일요일이 없었더라도 우리는 사냥을 하고
배부른 후에는 사랑도 하였겠지만
바닥을 기는 투구게처럼 웅크리는 날도 많았으리

우리는 지킬 것도 없이 개를 키우고
얻을 것도 없이 꽃을 꺾어 바치지
바라볼 풍경 없이도 창을 낸 그들처럼

자본론

사람은 책을 만들고 책은 사람을 만든다*
사람은 돈을 만들고 돈은 사람을
아주 잘 만들지는 못해도 더 빨리 만들 수는 있다

* 교보문고 캐치프레이즈.

좌절 금지

울타리를 휘감고 나팔꽃이 피어있다

누군가에겐 금지지만 누군가엔 의지依支다

당신은,
모두에게 금지 내게는 의지意志

혓바닥선인장

그때에 도사린 가시가 전생을 돌봐
우환의 정곡을 찌르게 된다면
백 년간 무탈케 하는 명의가 되기도 하겠지만

혼돈

아무리 볼륨을 높여도 귀울림이 더 큰 날
한 마리도 죽지 않고 살아 돌아온 애완용 벌레
더 높이 날 수 있으면서 살상반경 내에만 둥지를 트는 새
해결할 수는 없어도 잊을 수는 있을까
파문처럼 되돌아오는 길이 존재한다면
발목을 잡는 어둠과 목을 조르는 새벽

지우개 똥

남겨둔 마음보다
흘린 말이 더 많아

주워 담을 수 없다면 지워보마고
혓바닥 백태를 긁듯 말의 때를 미는 아침

부고

절교의 뜻으로 문자 메시지가 왔다

그만한 일로 이사 갈 것은 무언가

누군가 그의 빈집에 도배지를 바르고 있다

손풍금

말 잘 듣는 원숭이 한 마리 데려와
골판지 뚫어 보이던 연필은 부러졌지만
꿈인 듯 손풍금 소리
다시 한번 듣고 싶다
침 발라 눌러쓰던 연필 이미 부러졌지만
붉은 피 연필 적셔 편지 한 장 써줄 사람
가슴에 손풍금 소리
연비 새겨줄 사람

명자의 사생활

일편단심이라는 게 그런 것일까요
울 아래 명자꽃 올해도 붉었습니다
죽었다 다시 깨어난 이 봄날에 한 번 더

승부

당신도 나도 이 선로를 지났다
함께 지나는 것과 그저 지나는 것
지나간 겨울과 올겨울의 차이 같은 거라면
당신은 그 계절에 살고 나는 이 계절에 사는 것
머물지 않고도 지속되는 물소리처럼
남기지 않고도 이어지는 마음 있다면
당신이 먼저 가 어느 언덕 꽃으로 필 때
나중 가는 바람으로 당신을 날려주리
기적은 귓전에 남고 단풍은 옷깃에 지고

당신은 참

당신은 참 아늑한 품을 가졌습니다
볕 좋은 조약돌을 잠시 잡았을 뿐인데
손보다 눈시울이 먼저 가슴인 듯 엡니다
봄볕과 흔들리는 풀잎 같은 바람과
유장하게 흘러내리는 강물 모두가
사랑을 만들어내는 소품인 듯 행복했습니다
나 또한 당신을 위한 소품이라면 좋겠습니다
손끝에 걸리는 한 조각 건반이거나
식사 후 입술을 닦는 티슈라도 좋겠습니다
당신이 가진 품은 참으로 아늑하여서
넌지시 눈길만 한 줄 얹어두어도
아득한 하늘 흘러가는 강물을 보겠습니다

100

굿모닝 서면

내 뜻과는 상관없이 이런 날은 온다
주인의 행방을 추적하는 개처럼
살아온 인생 전반을 복기하는 아침

어쩌다 뒷골목이 돼버린 거리에서
어쩌다 그 거리에 담겨버린 삶을 쥐고서
거기에 네가 또 서있다, 막다른 골목처럼

입동

바람이 불지 않아도 잎은 지게 돼있다
상관없이 마음은 기울게 돼있다
부고가 난무하는 날을 용케 빠져나간다

움켜쥐면 주먹이지만 그냥 얼고 마는 손
어떠한 슬픔에 편들어야 하는지
장갑 속 손가락들이 온기를 잃고 있다

겨울잠

방심하지 말라고 바람이 분다
잠 못 들던 그의 긴 밤도 제 갈 길로 가고
바꾸어 앉은 자리에 새벽별이 흐리다

떠나가 안타깝고 돌아와 반가운 것들
잊는다는 것도 맞는다는 것도
쓸쓸한 손끝에 대한 위로일 터이니

찬 바람의 뒤에는 꽃이 핀다는 것
꽃무리의 등 뒤에는 폭풍우가 따른다는 것
저절로 그리된다는 걸 모두가 알듯이

공갈 굳은살

내 굳은살은 생각만큼 신성하지 않다
신성이란 퍼 올리거나 져 나르는 일
굳건한 자반처럼 땅바닥에 깔려있는 것이다

나에 대한 그의 기대가 그런 것이라면
온종일 기분이 좋더라도 상관없지만
한 걸음 더 나간 무어라면 세상을 속인 셈이다

손금이 거미줄 친 손바닥을 내려 본다
아무리 두터운 굳은살이라 하여도
저 거친 운명의 선을 멈추지는 못한다

귀신 꿈

모든 사정이 정반대인 두 죽음에 관한 꿈을 꿨다. 아무리 평범한 죽음이라도 그 배경이 인도라면 신성화된다. 등장인물의 의외성과 주검이 행한 기적으로 인해 인도는 더욱 인도다워지고 산 자들은 더할 나위 없는 상주가 됐다.

몇 년만 더 젊었더라면 '기싱꿍'으로도 여겼을 상황에 대하여 신성神聖 운운하는 것도 그만큼 그곳에 가까워졌기 때문일 것이다. 행여 기적이라는 것에도 전염성이 있다면 '로또나 한장 사볼까?'라는 전혀 신성하지 않은 생각도 든다. 현실이란 언제나 진부한 것이니까. 산 자들은 누구나 얄팍한 법이니까.

누구도 꽃으로 그 죽음을 기리려 하지 않았으나 주검 자체만으로도 충분한 가치가 있으리라고 짐작됐다. 그것이 꿈이라는 것을 알았고, 그 속에서 나는 이 기이한 죽음에 대해 무엇인가 쓰고 싶어 한다는 것도 알았으나 최초의 두 줄만을 중얼거리며 꿈속을 빠져나왔다.

어쩌면 한 생이라는 것도, 이승이나 저승이라는 곳도 제 욕심을 중얼거리며 오갈 수 있는 무른 경계를 지니고 있지 않을까? 어쩌면 내가 중얼거리며 빠져나온 그곳이 곧 이승의 반대

쪽은 아니었을까?

죽음에 대해 숙고할 때 생은 더욱 선명해진다. 마치 내가 그 것을 겪고 돌아온 것처럼 황망하기도 하다. 겨우 그 정도라면 기를 쓰고 버틸 까닭이 없겠다는 가상한 생각까지 든다. 그래 도 낯선 곳이므로 두렵기는 할 것이다.

그런데 그들은 왜 인도를 죽음의 장소로 택했을까? 나의 무 의식은 왜 그 두 사람을 택했던 것일까? 군이 연기론緣起論까 지 찾아가지 않더라도 작은 꼬투리라도 있을 텐데. 그러므로 꿈이기도 하겠지만.

인도야 누구나 품고 있는 이상향 같은 걸 수도 있고, 실제로 나 자신 그곳에 다녀오기도 했고, 어제는 바라나시에 대한 글 을 한 편 써보고 싶다는 생각을 하기도 했으므로 이해가 되는 부분도 있다.

그러나 사람에 대해서는 무슨 말로도 설명하기가 쉽지 않 다. 초등학교와 중학교를 함께 다녔던 옛 친구. 옛날에 유명했 던 가수의 여동생. 이 기막히고 너무나 의외인 조합이 탄생할 수 있었던 인연은 과연 무엇이었을까?

꿈을 기록하는 일이 좀 싱겁기는 해도 그 근원을 찾아가는 묘미가 쏠쏠하다. 삶의 의외성 또는 돌발성에 대해, 깨어있을 때는 생각조차 못했던 황당함에 대해 생각하는 것. 그리고 현 실과 접속된 꿈의 전원을 발견하는 일도 뜻밖의 즐거움이다.

내가 꿈속을 들여다보고 있다는 것을 분명히 알듯이 내가 삶을 겪고 있다는 것을 자각할 수도 있다고 한다. 명상의 한 경지라고들 하는데 딱 한 번이라도 그것을 들여다볼 수 있었으면 좋겠다. 정말로 내가 나의 삶을 객관적으로, 롱테이크를 통해 잡아낼 수 있다면 죽음의 장면도 목격할 수 있지 않을까?

죽음이 이곳과 저곳을 오가는 것이라면 저곳의 창을 열어 이곳을 건너볼 수도 있지 않을까? 삶이란 죽음을 포함하는 동심원을 끝없이 반복해서 그려가는 것이 아닐까?

하기는 내가 살아내고도 삶에 대해 답하지 못하겠는데 겪지 않은 죽음에 대한 답을 무슨 수로 찾는다는 말인가.

결국 삶도 죽음도 수면에 던져놓은 거대한 물음표이며 그를 둘러싼 온갖 질문은 점점 넓게, 멀리 퍼져나가는 파문 같은 거다. 나는 지금 그 물결에 밀려 이리저리 기웃거리는 가랑잎 한 장이다. 갸웃거리기도 하면서.

덴

다시 달랏이 그립다. 이제 두 달 남짓 지났는데 아주 오래전에 떠나온 것 같다. 떠나온 곳. 달랏은 다녀왔다기보다는 지금 우리가 잠시 대구에 머물고 있는 듯한 느낌이다. 시간이 흐를수록 여행이라는 말의 의미가 모호해진다. 떠나는 것과 머무는 것이 모호해지듯이. 집이라는 곳도 그냥 베이스캠프 같은 것이다. 전열을 정비해 다시 떠나기 위해 잠시 머무는 곳. 만약에 우리가 달랏에서 살게 된다면 대구가 그리워지기도 할까?

아무래도 덴에 대해 먼저 얘기해야 할 것 같다. '덴'은 검다는 뜻의 베트남 말이라고 한다. 그러니까 '검둥이'라고 하면 비교적 정확한 번역이 될 것이다. 덴을 처음 본 것은 네 번째로 달랏을 방문했던 여름이었다. 달랏을 벗어나 랑비앙산을 향해 빠져나가는 마을에 'Dalat Terrasse Des Roses Villa(장미여관?)'라는 아름다운 숙소가 있고 덴은 그 빌라에 사는 검둥이였다. 좀 더 정확하게 말하자면 그 아름다운 정원을 가꾸는 정원사와 함께 사는 개였다. 아마도 암컷이었을 것이다. 워

108

낙 수줍음을 타는 탓에 일주일을 머무는 동안에도 녀석의 이마 한 번 짚어볼 수가 없었다. 멀찍이서 콧구멍을 벌름거려 우리의 정체를 가늠하는 게 덴이 우리에게 보인 관심의 전부였다. 다가갈 낌새라도 보이면 금방 멀찍이 달아나 버려 대인기피증이라도 있는 건 아닌지 의심할 정도였다. 그러나 정원사 영감님에게는 둘도 없이 친근하게 굴었다. 그가 일을 하는 동안 한시도 떨어지지 않고 따라다녔다. 잠시 딴청을 부리느라 그를 놓쳤다가도 헛기침이라도 할라치면 득달같이 그의 곁으로 달려가고는 했다. 주인과 애견이라기보다는 둘도 없는 단짝 친구처럼 보였다. 잠시 머물렀다 떠나가는 나그네에게도 일말의 질투심을 유발할 정도였으니까.

이듬해 여름휴가지를 다시 달랏으로 정한 것도 덴 때문이었다. 그렇게 냉담했던 덴이었지만 일주일을 머무는 동안 우리의 냄새에도 익숙해졌는지 체크아웃을 하기 하루 전부터 약간의 관심을 보이는 것 같았고, 여전히 손길은 거부했으나 2~3미터 정도의 근거리는 허용하는 낌새를 보였다. 조금만 더 시간이 있었다면 녀석을 한번 쓰다듬어 볼 수 있을 것 같았다.

아름다운 정원과 정원사 영감님과 한없이 친절하고 상냥한 젊은 총각 사장도 고려하기는 했지만 덴에 미치지는 못했다. 출국 전날 할인점에 들러 덴을 위한 간식을 준비하는 등 호들

갑을 떨었다. 영감님과 총각 사장을 위한 선물도 함께 준비하기는 했다. 영감님과는 의사소통을 할 방법이 없었다. 그는 베트남 말밖에 몰랐고 나는 베트남 말을 몰랐다. 간신히 내가 한국에서 왔다는 사실을 전달할 수 있었다. 다행스럽게도 한국은 베트남 말로도 한국이었다. 그는 김태희에 대해 엄지손가락을 치켜세웠다. 아마도 한국 드라마를 통해 김태희를 알았을 것이다. 그렇지만 내가 아는 김태희라고 해봐야 그녀 또한 한국인이며 연예인이라는 것밖에는 없었고, 설령 더 많은 걸 더 소상히 알았더라도 그에게 이야기해 줄 수는 없었을 것이다.

달랏은 호찌민에서 비행기로 사십여 분, 하노이에서는 두 시간가량 더 날아가야 한다. 럼동성의 성도, 그러니까 우리 식으로 말하자면 도청 소재지쯤 될 것이다. 해발 1500미터의 고원도시여서 사계절 내내 최저 섭씨 14도에서 최고 25도 사이의 쾌적한 기온을 보인다. 열대식물과 온대식물을 함께 볼 수 있어서 계절과 상관없이 꽃 천지라는 게 가장 큰 장점이다. 인구는 30만 명 안팎이라고 한다. 1억 명 가까이 되는 베트남 인구를 감안한다면 작은 도시다. 우리나라 최고의 고원도시인 태백시가 해발 약 900미터 정도니까 태백시보다 1.5배 이상 높은 곳이 달랏이다. 호찌민대학, 하노이대학과 함께 베트남 3대 국립대학이라는 달랏대학이 있고, 달랏대학에는 한국어

과가 개설돼 있기도 하다.

베트남을 향해 날아가면서도 우리의 관심은 온통 덴에게
쏠려있었다. 과연 우리를 기억할 것인지, 우리를 기억한다면
어떤 식으로 반응할 것인지, 아무리 시큰둥하더라도 오리고
기 간식마저 거부하지는 못할 것이라는 둥 녀석을 어떻게 유
혹할 것인지에 대해 열띤 대화를 나눴다.

소형 프로펠러 비행기가 달랏 리엔크엉공항에 내려앉았다.
용케 100여 명의 승객을 싣고도 힘을 잃지 않고 무사히 도착
했다. 작은 공항의 매력은 걸어서 이동할 수 있다는 것.

달랏공항에 내린다면 누구라도 예상 못 한 서늘한 기온에
깜짝 놀라게 될 것이다. 청량한 공기를 들이켜고, 한층 가까워
진 하늘을 우러르기도 하고, 타고 온 비행기를 배경으로 사진
을 찍기도 하면서 달랏은 시작된다.

원래 리엔크엉공항에는 택시 표를 끊는 창구가 따로 마련돼
있었다. 공항에서 달랏 시내까지 처음에는 25만 동이었다가
지난해에는 20만 동으로 내렸었는데 올해에는 표를 끊어 타
는 제도가 없어졌다. 그렇지만 마일린택시와 또 하나의 택시
회사에서 안내 데스크를 두어 이용객들의 편의를 돕고 있다.

언제부터 그랬는지는 몰라도 마일린택시는 비나선택시와
함께 한국의 여행자들이 가장 선호하는 택시라고 한다. 바가

111

지를 씌우지 않고 비교적 정직하게 운행하는 회사라는 것이다. 이런 이유로 우리도 처음 베트남을 방문할 때부터 마일린택시를 이용했다. 지리를 모르니 둘러 갔는지 어쨌는지도 모르지만 이렇다 할 사고가 없었으니 소문이 틀리지는 않은 셈이다.

이번에도 리엔크엉공항에서 마일린택시를 탔다. 택시 정류장에서 승객을 돕는 여성 사무원의 "다 똑같다"는 말을 무시하면서까지 굳이 찻길을 건너서 초록색 마일린택시를 탄 것이다. 바가지를 쓴다고 해봤자 우리 돈으로 1만 원 안팎일 것이지만 바가지를 쓴다는 건 금액을 떠나서 기분 나쁜 일이니까.

의외로 리엔크엉의 날씨는 화사했다. 우기가 맞나 싶을 만큼 찬란한 햇살이 뜨겁게 내리쬐고 있었다. 달랏은 공항에서 택시로 약 사십 분 정도를 더 올라가야 한다. 사 년 전과 비교한다면 상전벽해라고 할 만큼 자동차가 늘어났지만 여전히 한산한 고속도로를 달렸다. 맑디맑은 공기에 섞여 꽃향기가 물씬 풍겨오고, 고원지대의 하늘은 더할 수도 뺄 수도 없는 완벽한 푸른빛으로 드높았다. 베트남 특유의 앞면이 좁고 뒤로는 길쭉한 집들이 드문드문 이어지더니 본격적으로 등반 운전이 시작된다. 올 때마다 느끼는 것이지만 나는 베트남에서는 자동차도 오토바이도 운전할 수 없을 것 같다. 이곳 사람들은 어려서부터 익숙해진 오토바이 문화 탓인지 자동차를 운전하면서도 차선, 특히 중앙선에 대한 개념이 별로 없다. 좌우를 넘나들며 달리는 오토바이를 피해가면서 추월을 거듭하는 장면은 거의 신기에 가깝다. 그리고 연신 경적을 울려댄다. 한국이었다면 먹살잡이를 해도 몇 번을 했을 것 같은데 이곳 사람들은 경적 소리에 무관심하다. 어쩌면 한국 사람들이 유독 경적에 민감한 것인지도 모르겠다. 인도의 자동차들이 후미에 '경적을 울려주세요'라고 써 붙이고 있던 게 생각났다. 한국에서의 경적 소리가 '죽을래?' 또는 '운전 똑바로 해'라는 뜻이라면 동남아시아 각국에서의 경적 소리는 '조심하세요' 또는 '저 지나갑니다' 정도의 뜻인 것 같다.

추월을 거듭하면서 산마루를 향해 오르는 동안 하늘이 급하게 어두워지더니 급기야 폭우가 쏟아지기 시작했다. 길가에 오토바이를 세우고 비옷을 걸치는 사람들도 있지만 대부분은 그냥 빗속을 질주한다. 고도가 높아질수록 빗발은 더 굵어지고 와이퍼의 속도를 최대한으로 올려보지만 앞이 제대로 보이지 않는다. 그제야 오토바이들의 행렬이 잦아든다. 기온은 급격하게 떨어지고 차 안에서도 한기가 느껴진다. 비에 젖은 채로 길가에서 비를 긋는 사람들에게 공연히 미안해진다. 그렇지만 그들에게는 이런 물난리쯤이야 일상일 것이다.

고갯마루를 넘어서자 파리의 에펠탑을 닮은 송신탑이 나타나고 곧이어 쑤언흐엉호수가 눈에 들어온다. 달랏이다. 프랑

스풍의 아름다운 건물들이 빗속에서 여수旅愁를 자극한다. 호수를 오른쪽에 두고 여행자 거리라 불리는 번화가를 지나, 우리의 덴이 기다리고 있을 '장미여관'이 가까워질수록 가슴이 벅차오른다. 과연 덴은 우리를 기억할 것인가? 정원사 영감님은 김태희에 대해 이야기했던 나를 기억할 것인가? 상냥한 총각 사장이라면 기억할지도 모른다 등등 온갖 상상에 빠져있는 동안 드디어 장미여관. 아름다운 입구를 지나 조심스레 언덕을 내려간다.

자그마한 체구의 운전수는 트렁크를 열어 차곡차곡 짐을 내려놓는다. 베트남의 운전수들은 당연하다는 듯 호텔 프런트까지 짐을 옮겨준다. 심지어는 탈 때나 내릴 때 문을 열어주기도 한다. 팁을 주고 싶다는 생각이 마구마구 들 정도다. 짐 정리를 마친 우리의 마일린택시 운전수는 생글생글 웃는 낯으로 33만 동을 달란다. 33만 동이면 우리 돈으로 1만 6500원 정도다. 그런데 리엔크엉공항에서 달랏 시내까지는 대형 택시는 20만 동, 우리가 타고 온 작은 택시(모닝)는 18만 동으로 정액제다. 이 시키가 생글생글 웃는 낯으로 덤터기를 씌우려는 거다. 무시하고 18만 동에 팁 2만 동을 더해 20만 동을 건넸더니 어이가 없다는 듯이 미터기를 가리킨다. 차근차근 내가 알고 있다는 사실에 대해 설명을 했으나 이 녀석은 못 알아듣는 건지 안 알아듣는 건지 미터기만 가리킨다. 하는 수 없이

114

로비로 들어섰더니 예의 상냥한 젊은 사장이 알은체를 하면서 반긴다. 그에게 통역을 부탁하고 "내가 당신 보스한테 전화해서 택시비가 얼만지 알아보겠다"라고 으름장을 놨더니 그제야 20만 동을 받고 사라진다. 마음 같아서는 18만 동만 주고 싶었지만 잔돈이 없어서 하는 수 없이 팁을 준 셈이 돼버렸다. 하기는 거짓말하느라 떨리기도 했을 테고, 사장한테 전화한다는 말에 놀라기도 했을 테니 2만 동(1천 원)쯤이야. 초록색의 마일린택시가 멀어지는 동안 중요한 것은 택시 색깔이 아니라 사람의 색깔이라는 생각이 뇌리를 때린다. 마일린택시든 비나선택시든 회사가 지향하는 것과 운전수가 지향하는 것은 다르기 마련이니까. 비슷한 시기에 인터넷을 검색했더니 인천에서 태백까지 70만 원을 받은 택시 운전수와, 부산 시내에서 외국인에게 바가지를 씌운 택시 운전수에 대한 기사가 떴다. 그러니 베트남에서 5~6천 원 바가지 쓸 뻔했다고 동네방네 떠들 일은 못 될 것 같다. 베트남 사람들이 한국을 여행하다가 바가지를 쓴다면 내가 이곳에서 바가지를 쓴 것보다는 훨씬 더 큰 피해를 입은 셈이 된다.

총각 사장의 환대를 받으며 체크인을 하고 방에 들어가니 아름답고 소담스러운 데다 사랑스럽기까지 한 정원이 한눈에 들어온다.

그러나 도착하던 날은 덴도 영감님도 만나지 못했다. 아침

115

일찍 일을 시작해서 오후 3~4시만 되면 일을 마치는 그의 작업 패턴을 생각한다면 안타깝지만 어쩔 수 없는 일이다. 폭염이 이어지는 한국의 날씨와는 달리 영상 섭씨 20도 내외의 기온을 보이는 달랏은 사랑할 수밖에 없는 도시다. 서늘한 기온 탓인지는 몰라도 비만 그치면 습기조차도 실감하기 어려울 만큼 쾌적하다.

달랏의 아침은 신선하고 싱싱한 느낌이 물씬 풍긴다. 바다의 일출에 견준다면 화려하지는 않지만 명쾌한 구석이 있다. 해가 뜨기 전의 새벽과 해가 뜬 후의 아침이 분명히 나누어진다. 말로 설명할 수는 없지만 누구라도 느낄 수 있는 일종의 감정 같은 거다.

하늘은 밝지만 땅은 아직 어두운 시각, 연못을 낀 정원의 숲이 흔들린다. 영감님일 것이다. 한참을 지켜보노라니 숲을 흔든 주인공이 나타난다. 모자를 푹 눌러쓰고 있기는 해도 그가 틀림없을 것이다. 당장이라도 달려 나가서 우리가 다시 왔노라고 자랑하고 싶지만 아직은 현관문을 열지 않았을 시각이다. 아침이 오는 모습과 아침을 맞이하는 모습을 지켜보면서 완전히 날이 밝을 때까지 기다렸다. 그를 위해 준비해 온 담배를 챙기고 김해공항 면세점에서 구입한 홍삼절편을 챙기고 세수를 하면서 부산을 피웠다.

드디어 아침 6시, 현관문이 열리고 정원으로 나가 그를 만

났다. 환대해 줬으면 하는 기대와는 달리 그는 나를 분명하게 기억하지는 못하는 것 같다. 아마도 그럴 것이다. 우리가 베트남 사람을 볼 때도 그 사람이 그 사람 같아 보이기도 하는 것처럼 그에게도 잠시 묵었다 가는 사람은 다 똑같아 보일 수도 있을 것이다. 손짓 발짓에 멍멍이라는 의성어까지 보태 '개 어디 갔느냐?'고 물었더니 손가락으로 하늘을 가리킨다. 정확하게는 하늘인 것 같기도 하고 뒤쪽 언덕인 것 같기도 하다. 더 자세히 묻고 싶었지만 그는 빗자루를 들고 휑하니 자리를 떴다.

결론을 말하자면 덴은 죽었다. 많이 아팠고, 수의사가 왔고, 나름대로는 녀석을 살리기 위해 최선을 다했지만 영감님의 품에서 죽었다고 했다. 이 얘기는 야간 당직을 서는 '후앙黃'에게서 들었다. 영감님의 이름이 '홈(호움 또는 허움)'이라는 것도, 녀석의 이름이 덴이라는 것도 후앙에게서 들었다. 그러나 홈에게는 우리가 덴의 간식을 가져왔다는 이야기는 하지 못했다. 일주일간 멀찍이서 바라보기만 했던 우리조차도 상실감이 느껴지는데 칠 년을 함께 살았다는 그에게는 아물어가는 상처에 재차 소금을 뿌리는 일이 될 수도 있을 것 같았다.

정원 손질을 잠시 쉬는 동안 그와 나란히 앉아 덴에 대해 이야기를 나눴다. 나의 스마트폰에 저장된 녀석의 사진을 보여주자 그도 자신의 구형 전화기에 저장된 사진을 보여줬다. 덴

117

은 홈의 품에 안겨있었고 삶의 막바지에 도달한 모든 생물들이 그렇듯이 그렁그렁 눈물을 달고 있었다. 저해상의 사진에도 덴의 눈물은 선명하게 찍혀있었다. 홈은 덴이 죽던 날을 이야기하면서 줄줄 눈물을 흘렸다. 그는 베트남 말로 구구절절 이야기를 하고 나는 한국말로 위로를 했다. 나는 그가 전하는 덴의 마지막 순간과 홈의 슬픔을 알아들었고, 홈은 내가 전해준 위로의 말을 이해했다. 정원의 고랑처럼 깊게 팬 그의 주름을 타고 눈물이 흘러내렸다. 나 또한 눈시울 가득 눈물이 고이는 게 느껴졌다. 슬픔이 전염된 것인지 아픔에 공감하는 것인지는 몰라도 홈과 나는 오랫동안 정원에 쪼그리고 앉아 각자의 방향으로 먼 산을 바라보았다. 그는 덴의 영혼을 향해 나는 홈의 영혼을 향해.

덴의 빈자리는 의외로 컸다. 굳이 의미를 부여하려 했기 때문인지는 몰라도 정원 한쪽이 빈 것 같았다. 무수한 꽃이 피고 그만큼의 나비가 날고, 연못에서는 수많은 물고기가 헤엄치고 있었지만 꼭 덴만 한 구멍이 뚫린 가슴에는 어느 곳으로 눈을 돌려도 그만큼의 빈자리가 느껴졌다. 이것은 나만의 감정이 아니라 유난히 강아지를 좋아하는 아내에게도 마찬가지로 느껴졌을 감정이었다. 홈만 동의한다면 강아지 한 마리를 선물하고 싶었다. 그러나 아내는 그런 나의 감상을 이성적으로 만류했다. 당시에는 좀 서운했지만 지금 생각해 보면 아내가

118

맞았다. 그것은 지난해에 일주일, 올해 열흘을 머물 뿐인 우리가 이들의 생활에 지나치게 깊이 개입하는 것이었다. 슬픔은 슬픔대로 가치가 있는 것이다. 아무리 따뜻한 마음이라고 해도 칠 년이라는 시간과 그 사이에 쌓인 정이라든가 유대감까지 대체할 수는 없을 것이다. 그가 원할 것인지, 또 피고용인인 그에게 새로운 강아지가 생겼다는 것을 젊은 사장이 이해해 줄 것인지도 분명하지 않았던 것이다.

장미여관에 머무는 동안 홈과 나는 서로를 발견하면 손을 흔드는 걸로 마음을 나누었다. 덴에 관해서는 느낌만으로 교류할 수 있었지만 내가 왜 달랏이라는 도시에 매료됐는지에 대해서는 설명할 수가 없었다. 미주알고주알 이야기하는 것보다는 서로에 대해 상상하는 것이 오히려 더 나을지도 몰랐다. 어쩌면 그는 나에 대해 시간이 남아도는 한국 놈이라고 오해하고 있을지도 모르겠으나, 나는 그에 대해 고지식할 정도로 성실하게 정원을 가꾸는 달랏 사람이라고 믿고 있다. 그의 아내에 대해서 또 가계에 대해서도 그저 상상하고 짐작할 뿐이다.